치과로 간 빨래집게

한혜영 동시집

치과로 간 빨래집게 한혜영 동시집

지은이 한혜영

초판발행 2024년 1월 15일 **그림** 정하윤 **표지디자인** 최혜원 **펴낸곳** 아동출판 상상아 **펴낸이** 진혜진 **편집** 세종PNP **책임교정** 종이시계 **마케팅** 전은빈 최유림 노혜림 정현수 **등록번호** 848-90-01737 **등록일자** 2021년 12월 1일 **주소** 06621 서울시 서초구 서초대로74길 29, 904호 **전화번호** 02-747-1367, 010-7371-1871 **팩스** 02-747-1877 **전자우편** sangsanga21@daum.net

ISBN 979-11-93093-36-8 (03810)

값 13,000원

* 이 책은 한국출판문화산업진흥원의 '2023년 중소출판사 출판콘텐츠 창작 지원 사업'의 일환으로 국민체육진흥기금을 지원받아 제작되었습니다.

* 이 책은 전부 또는 일부 내용을 재사용하려면 반드시 저작권자와 아동출판 상상아의 동의를 받아야 합니다.

* 잘못된 책은 바꾸어 드립니다.

치과로 간 빨래집게

시인의 말

아기 새가 아파트 복도에서 죽어가고 있었습니다. 옥상에서 부화한 새가 이소하다가 잘못 된 것 같았습니다.

나는 가쁜 숨을 할딱거리는 아기 새를 데리고 집으로 왔습니다. 서둘러 물을 먹이고, 미숫가루를 타서 주사기로 먹였더니 다행히도 기운을 차렸습니다.

부쩍부쩍 자라난 아기 새는 꽁지가 기다란 지빠귀 종류였습니다. 다른 새의 소리를 흉내 내기도 한다는 똘똘한 새였지요. 실제로 주인을 알아보기도 했습니다. 그래서 이름을 똑순이라고 지어주었습니다.

어느 날인가 똑순이가 노래를 했습니다. 아주 조그만 소리였는데 신기해서 들여다봤더니 뚝 그쳤습니다. 그리고 몰래몰래 연습하더니 어느 날인가 멋진 노래를 불렀습니다. 허공에 구슬이 구르는 것처럼 맑고 고운 소리로 짝을 부르는 거였지요. 그래서 똑순이를 보내주었습니다.

여러 해가 지났지만 지금도 똑순이가 그립습니다. 분꽃 씨처럼 까맣게 빛나던 눈이며 노랫소리가 귀에 쟁쟁합니다. 동네에 날아다니는 지빠귀를 보면 무조건 똑순이라고 우기기도 하지요.

내가 쓰는 동시도 똑순이와 같다고 생각합니다. 물과 먹이를 주어 똑순이를 길렀다면 동심은 시적 상상력으로 길렀지요. 서툴던 똑순이의 노래가 날마다 연습을 거쳐 아름다운 노래로 완성이 된 것처럼 동시도 그렇습니다. 수도 없이 고치고 다듬는 과정을 통해 한층 아름다운 노래가 되고 날개에도 힘이 붙는 거니까요.

똑순이가 세상 속으로 훨훨 날아갔던 것처럼 이제는 나의 시들을 세상으로 날려 보냅니다. 부디 많은 독자를 만나 아름다운 노래로 기쁨이 되고 위로가 되면 좋겠습니다.

2024년 한혜영

차례

제3부
백 년쯤 로댕처럼 턱 고이고 고민을

제4부
선생님은 똥만 찾아다녔다

제1부

봄비는 길고 가느다란 은젓가락

우산

오랜만에 주인이랑
외출하는 우산은
참았던 웃음을
팍! 하고 터트리지

주인 머리 꼭대기까지
올라가 우쭐우쭐
세상 구경 실컷 하고
돌아와 현관 앞에서

투투투투투투투……

비 맞고 뛰어다닌 강아지처럼
물기 털어내는 거

우산이라면
다들 해보고 싶은 일이거든

감자 도깨비

검정비닐봉지를 열었다가
깜짝 놀랐어

캄캄한 곳에 인질로 잡혀있던
감자들이 도깨비로 변해서
툭툭 튀어나왔거든
시퍼런 뿔이
몇 개씩이나 달려있었어

얼굴 팽팽하던 아줌마들은
주름 자글자글한 할머니가 되어 있고

가슴이 푹푹 썩어 문드러진
감자도 여럿이나 되었어

얼마나 걱정이 되고 무서웠으면

역할놀이

손자가 할아버지한테
방앗간 놀이를 하자고 한다
할아버지한테
아,
입 벌리라고 하고는
제가 싫어하는 반찬은
다 가져다 넣는다

당근, 검정콩, 시금치…

자기가 좋아하는
고기랑 소시지는
제 입으로 쏙쏙 들어간다

물난리

난리가 나면
물들도 가만히 있다가는
죽을 것 같아서 피난 간다

한꺼번에 나서는 바람에
수로가 꽉 차서
숨쉬기도 어렵고
옴짝달싹하기도 힘들 때

물은 살고 싶어서
보따리고 뭐고 다 내팽개치고
맨몸으로
배수관 뚜껑을 박차고
탈출하는 거다

독립군

펄펄 끓는 물에서도
끝까지
입을 벌리지 않은 홍합이 있다

그 모진
고문을 견뎌내고도

독립운동을 하다가
일본순사한테
붙잡힌 독립군도 그랬을 거다

주차장의 비밀

차들도 항상 차들이 궁금하다

잘 다녀올게 부르릉!
아침에 헤어졌던 차들은
어디 어디를
돌아다니다 왔는지
어떤 장면을 보고 왔는지
저녁에 돌아오면 서로가 일러준다

생각보다 차들은 입이 싸다

흉보다가
주인한테 들키면 혼날까 봐
아무도 안 보는
한밤중에 쏙닥거린다

이해할 수가 없어

눈곱재기만 한
눈곱,
딱 한 점 떼어주고는
아기가
저렇게 운다

정말이지
거짓말
눈곱만큼도 안 보태고

그 더러운
눈곱재기가 뭐라고

치과로 간 빨래집게

나이 많은 집게들은
늙은 사자처럼 이빨이 시원치 않다
먹잇감을 사냥할 때의
젊은 사자처럼
꽉!
물고 있어야 하는데
빨래가 조금만 몸부림쳐도 놓쳐버린다

주인아줌마가 그런 집게들은
쏙쏙 골라서 치과로 보내버리고
우리처럼 탄탄한 이빨을
자랑하는 집게들은 쉬는 날이다

비어있는 빨랫줄에
쪼르르 모여
하늘에 펼쳐놓고 말리는
구름빨래나 구경하면서 놀고 있다

겨울 연못

수상스키를 타던

소금쟁이 선수들은 다 어디로 갔는지

연못이 반질반질하게 얼면

이때부터 여기는 아이스하키장이다

바람이 호루라기를 부는 순간

우르르 도토리공한테 몰려드는

참나무 이파리들이

전부 아이스하키 선수라는 거다

유니폼도 비슷한데다

등번호까지 없어

그러지 않아도 헷갈리기 일쑤인데

어떤 날은 도토리공이 한꺼번에

우당탕탕!

경기장 안으로 쏟아져 들어와서

경기가 엉망이 되기도 한다

지구공

공연히 골 욕심낸다고
거칠게 다루지 말고
드리블 살살 하세요
바람 빠지면
바꿀 공도 없으니까

하나님도 진짜로 너무 하셨어요
전 세계에
선수 숫자가 수십억인데
눈만 뜨면
몰고 다니는 공을
겨우
한 개만 주시다니요

봄비

봄비는
길고 가느다란 은젓가락이다
겨우내 굳어 있던
검고 단단한 흙을
콕!
콕!
콕!
콕!
찔러보면서 다닌다

그러고 나면 봄바람이
꼬리를
살랑살랑 흔들고 다니면서 외쳐댄다

얘들아!
머리 한 번 내밀어봐!
땅이 얼마나
말랑말랑해졌는지 보려고 그래!

비 오는 날

오늘은 비 할머니
치렁치렁한 머리
풀어헤치고 감는 날입니다

얼마나 오래 길렀으면
머리카락이
하늘에서 땅까지 닿을까요

얼마나 늙었으면

검정 머리카락은 한 올도 없이

온통 반짝거리는

하얀 머리카락뿐일까요

다른 이유

담쟁이가 담을 타는 데는 이유가 있습니다
담이 거기에 있어서 타는 거지요

도둑이 가스배관을 타고
높은 아파트를 오르는 것은 완전히 다른 이유입니다

아파트가 거기 있어서 올라가는 것이 아니라
훔칠 물건이 거기에 있어서 올라가는 것이 도둑이니까요

아스팔트는 너무 딱딱해

빗방울이
어마어마하게 잡힌 그물이었어

바람이 꽁꽁대면서
끌고 왔는데
하필이면
우리 집 꼭대기에서
짜자자작!
찢어지는 거 있지

우르르 쏟아져 내린

빗방울들이 엉덩이를 잡고

팔딱! 팔딱! 뛰는 거였어

딱딱한 아스팔트에

부딪쳤으니 얼마나

엉덩이가 아팠을 거냐고

도둑고양이

아들 고양이가 아빠한테 도둑고양이가 뭐냐고 물었다 아빠는 한참이나 망설이다가 대답해주었다

-얼마 전까지만 해도 인간들은 멋진 고양이를 그렇게 불렀단다 높은 담장을 가뿐하게 넘어 다니는 고양이, 왕소금을 뒤집어쓴 채 바다로 도망치려는 고등어를 물어다가 혼내준 고양이한테는 '도둑고양이'라는 아름다운 이름을 인간들이 선물로 주곤 했지

-야옹! 나도 도둑고양이가 될 거야!

-안 돼!

펄쩍 뛰었던 아빠 고양이는 예전 일이 들통날까 봐 걱정이었다 담과 지붕을 훌훌 넘어 다니며 옥상에 널어놓은 생선 정도는 누워서 생선 먹기였던 아빠 고양이!

길에서 사는 그가 도둑 세계에서 손을 씻은 건 짝
사랑했던 양순이 때문이다 훔치지도 않았는데 누명
을 쓰고 '저놈의 도둑고양이!' 소리를 들으며 인간한
테 쫓기는 것을 보고서 굳힌 결심이었다

제2부

차마 발걸음이 떨어지지를 않아

냉이 버스 정류장

어딜 가려고 나선 건지
냉이 할머니와
냉이 할아버지
이른 봄부터 서성거렸지요

버스가 오면
우르르 몰리는 사람들한테
떠밀려 정류장 의자
밑으로 뒷걸음만 치더니

마침내 버스를 탔나 봐요

오늘 보니
정류장 의자 아래엔
그늘만 무성하게 자랐네요

물이 꽃이 될 때

잠깐 한눈을 파는 사이
국수를 삶던 냄비 뚜껑이
스르르 열리더니
꽃 한 송이가 웃으며 올라온다

꽃나무 밑에서
끙끙거리며
꽃송이나 밀어 올려주던
물도
한 번쯤은 꽃이 되어
활짝 피어보고 싶었던 거다

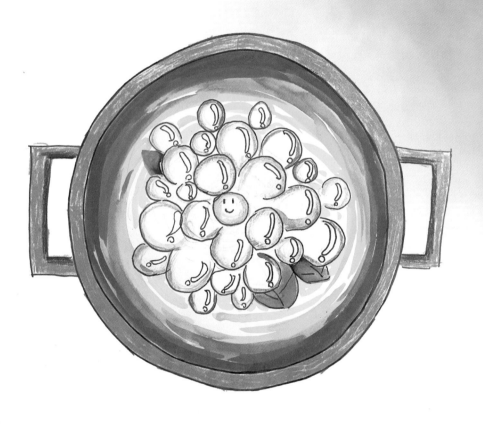

가만히 생각하니

굽이굽이 먼 길을
돌아서 여기까지 왔을 텐데
빈손으로 보내기가 아쉬워
쉬를 보태주었지

물아, 잘 가!

떠나기가 아쉬워서
뱅글뱅글
변기 안에서 도는 물에게
휴지 한 장을 던져주었지

우리 집에
다녀가는 선물이었어

겨울 벤치

흰 눈이 차곡차곡 쌓이는 날
벤치는 외롭고 쓸쓸하다

앉기만 하면 방귀를 풍풍
뀌어대던 할아버지마저도 그립다
지팡이를 짚고 오면서도
방귀소리만큼은 힘찼는데
지난가을에 돌아가셨다

올 때마다 흙 묻은 발로

방방 뛰어서 벤치의 허리를

시큰거리게 만들었던

개구쟁이도 보고 싶지만

훌쩍 커서

학교에 다니랴 학원에 다니랴

녀석을 못 본 지도 오래되었다

늦은 인사

태풍이 닥친 날이다
바람에 휘둘리던 해바라기가
끝내는 고개를 꺾고 말았다

-안녕하세요?
진즉 인사드리고 싶었는데
주인님이 골목길만 넘겨다봐서요

해바라기의 발가락 틈새에
세 들어 살던 채송화가
집주인에게 처음으로 인사했다

까딱까딱,
까치발을 있는 대로 들고
고개를 발랑 젖히고서

제 흉은 몰라

담 너머 구경이 제일 재미있다는
해바라기가 깜짝 놀라서 소리를 쳤다
-저, 저 똥강아지가!
아무 데나 똥 싸고 있어 냄새 나라고
-치,
자기한테 나는 발 고린내는 어떻게 하고?

해바라기의
발가락 사이에서 사는 채송화가
들릴까 말까 한 소리로 쫑알거렸다

야생 오리의 자랑

잃어버린 손자를 닭의 무리에서 발견한
늙은 야생 오리가 하나하나 비교를 했다

부리가 넓적한 걸 보니 오리 가문이 틀림없구나
펑퍼짐한 궁둥이를 봐도 우리 새끼가 맞아!
넓적한 발도 그렇고 물갈퀴도 그렇고
뒤뚱거리는 걸음걸이는 비슷하다만…
힝, 어림도 없지!
집닭들이 언제 우리처럼 훨훨 날아봤대?
고작해야 지붕으로 올라가서
쫓아다니던 동네 개들 약이나 올리지
가자!

푸다닥!
날아오른 야생 오리 두 마리를
닭들이 부러운 눈으로 지켜보았다

못 찾겠다 꾀꼬리

엄마 꾀꼬리가 없는 날이었어

큰 꾀꼬리랑 작은 꾀꼬리랑 숨바꼭질을 했지

작은 꾀꼬리가 숨었는데

침대 밑이랑 장롱이랑 다 뒤져도 없었지

큰 꾀꼬리가 못 찾겠다

꾀꼬리 꾀꼬리~를 부르는데도 안 나왔어

얼마나 노래를 오래 불렀던지

꾀꼬리한테서 까마귀소리가 났어

노래도 아마

못 찾겠다 까욱! 까욱! 이렇게 불렀을걸?
꾀꼬리한테 '숨기 대장'이라는 별명을
괜히 붙여준 게 아니라는 거지
완전히 지쳐서야 장독대로 갔는데
작은 꾀꼬리가 항아리 안에서 새근새근
잠들어 있는 거 있지, 글쎄

바늘의 경쟁

조상 대대로 바늘공장을 하는
고슴도치 형제가 다리 중간에서 딱 만났다
둘 다 치렁치렁한
바늘외투에 바늘모자를 쓰고 있었다

도깨비마을로 장사를 떠났던 형은
도깨비바늘 때문에 허탕을 쳤고
밤송이마을 장터로 갔던 아우는
밤송이한테 밀려서
바늘 한 개도 못 팔고 오는 길이었다

-기다려보자! 다른 바늘을 써봐야
우리 상품이 좋은 걸 알지

고습도치 가문이 망하지 않는 것은

계속해서

명품바늘을 만들어내기 때문이다

날개

나한테 날개가 있다고 했더니
아무도 안 믿었지

너희도 점프해봐!
그러면 날개가 저절로
활짝 열리면서
새처럼 날아오를 수가 있을 거야
했더니

교실이 순식간에 닭장이 되었다
여기서 푸드득!
저기서 푸드득! 푸드득!

역시 닭들뿐이었다

홍시 떨어진 아침

아침 먹으러 왔던

까마귀가

깨진 홍시를 내려다보며

아까워서 운다

감이 달렸던

나뭇가지는 파르르…

한 번 울고는 말았는데

까마귀는

그쳤다가는 깍깍거리고

그쳤다가는

또 깍깍거린다

엄마 구름

후드득 후드득거리며 비가 쏟아진다

꽃 속으로 텀벙 빠지면서 놀라는 아이
느티나무 아래로 훅 빨려 들어가는 아이
강으로 가고 싶어서 올챙이처럼 꼬물거리는 아이
지붕 꼭대기로 떨어져서
발을 동동 구르며 마당을 내려다보는 아이
전깃줄에 앉아서 으앙! 울음을 터트리는 아이

얘들아, 힘들면 올라오렴
언제든지 기다릴게!

차마 발걸음이 떨어지질 않아
주춤거리던
엄마 구름이 내려다보며 소리를 친다

퀴즈

펠리컨을 닮았지만 물고기를 먹은 적은 없어

사람들이 버리는

더러운 것만 주로 밥으로 먹지

입주머니가 커다란 것이 자랑이긴 하지만

먹이 따위를 입에 저장할 수 없고

펠리컨처럼 날개를 가질 수도 없어

어떤 때는 꼼짝도 않고 한자리에 앉아

주인을 기다리는 개 같기도 해

주인이 나타나도 흔들어댈 꼬리도 없지만

그래도 한 가지 위로가 되는 것은

사람들이 나를 만나러 올 때면

똑똑!
노크를 하면서 예의를 갖춘다는 거지
급하면 방귀소리가 노크보다 먼저 묻기도 해
이래도 모르겠다고?
변기잖아, 변기!

이름

하여간 이름은 잘 짓고 봐야 해
나 봐 '꽃병'이라고 지으니까
꽃향기를 담는 그릇이 되었잖아?
너는 이름이 그게 뭐니
'쓰레기통'이라고 지었으니 쓰레기만 담잖아

그랬는데 어느 날은 아이가 실수를 해서
책상 위에 있던 꽃병을 넘어뜨렸다
산산조각이 난 꽃병은
책상 옆에 있던 쓰레기통으로 들어갔다
물론 꽃들도 함께 들어갔다
처음으로 꽃향기를 맡아본 쓰레기통은
깨진 유리에 찔리는 아픔도 잊은 채 행복했다

이름대로 된다면

꽃병은 이제부터 뭐라고 불러야 하지?

'꽃병이었다가깨져서쓰레기통으로들어간쓰레기'가 되나?

별일 아닌 이야기

물가에 있는 집이었어 주인은 닭둥우리에 오리알을 집어
넣었지 어미 닭은 마실*도 안 가고 둥지를 지켰어 스물여덟
밤이나 꼬박

어미 닭은 열두 마리나 되는 새끼 오리들을 끌고 자랑스
럽게 마당으로 나왔어 첫 외출이었지
그런데 웬일이니? 새끼 오리들이 첨벙거리며 물로 뛰어
드는 거야 얌체처럼 알을 남에게 맡기고 물놀이나 즐기던
어미 오리가 마중까지 나왔지

어미 닭은 안절부절, 날개를 푸덕거리며 소리를 질러댔
어 마당 구석에서 꾸벅거리며 졸던 늙은 닭이 한마디 했지
별일도 아닌 걸 가지고 호들갑이라고

오리처럼 물에 젖지 않는 수영복도 없지 오리발도 없지
발만 동동 구르던 어미 닭이 깜짝 놀랐어 새끼 오리들이
엄마를 부르며 달려오고 있었거든

어미 닭은 눈을 동그랗게 뜨고서 숫자를 세었어 내 새끼 하나, 내 새끼 둘, 내 새끼 셋, 내 새끼 넷……

여기까지 셌던 어미는 그다음부터는 숫자를 셀 줄을 몰라 한 마리에 한 번씩 고개를 까딱거렸지 나머지 여덟 마리는 전부 까딱 머리로 세었어

이 광경을 보고 늙은 닭이 다시 참견했어

-내가 별일 아니라고 했지? 새끼들은 다 어미를 찾아오게 되어 있다니까!

* 마실: 이웃에 놀러 다니는 일.

제3부

백 년쯤 로댕처럼 턱 고이고 고민을

꼼수

동생한테 주는 튀밥은
밥공기에 수북하게 담아서 주고
내 거는
국그릇에 살짝 깎아서 담았다
그렇게 하면 동생 것보다 적게 보이면서
실제로는 내 거가 쬐금 많거든

나도 세 살 때부터 누나한테 속다가
최근에서야 터득한 꼼수다

동생이 이걸 알려면 최소한 5년은 걸리겠지?
그때 알았다고 억울해하지 말고
나중에
아빠가 되거든 써먹으렴

잠깐 투수

목련나무는 전부가 지명투수야
봄이라는 감독이
호출을 해서 불려 나왔지만
던지는 대로
발밑으로 공이 떨어졌지
그때마다 원망과
환호성이 동시에 터졌지만
목련한테 뭐라고 할 수는 없어

어차피 목련은
한철에만 잠깐 투수거든
이번 경기까지 꼬박 일 년이나
공 한 번 던져보지도 못하고
쉬었으니 그럴 수밖에 없어

이가 빠진 줄도 모르고

어디 얼마나 흔들리나 보자
까딱거리며
앞니를 흔들어대던 아빠가
아이의 이마를 느닷없이 친다

고개가 휘청
넘어갔다가 돌아온 아이는
이마를 북북
문질러대며 서럽게 운다

앞니 빠진 자리가
잊어먹고 안 닫은
한밤중 창문처럼 캄캄하다

직업소개소

포클레인이 필요하면 두더지 기사에게

둥근 물건을 나를 때는 쇠똥구리 아저씨에게

잔잔한 물건을

안전하게 나르고 싶으면 개미네 이삿짐센터로

저 푸른 초원 위에 그림 같은 하얀 집을

짓고 싶은 고객은 섬세한 건축가 누에에게

단단한 벽을 뚫어야 할 일이 생기면

성능 최고의 드릴을 가진 딱따구리 아저씨에게

여름철 무대를 쫙 찢고 싶으면 매미 로커에게

은은한 실내악 연주자들을 초청하고 싶으면

여름엔 여치 가을엔 귀뚜라미 단원에게

사방이 오픈된 비행기로 해외여행을 하고 싶으면

잠자리 여행사를 소개해 드립니다!

정의와 의리 사이

아람이랑 현아가 싸웠다
정아는 무조건 현아 편을 들었는데
나는 아람이 편을 들 수가 없어서 구경만 했다
누가 봐도 아람이가 잘못했기 때문이다

싸움에 밀린 아람이가
나한테 눈을 잔뜩 흘기면서
이제부터는 자기편이 아니라고 했다
불똥이 완전 나한테로 튄 거다

이럴 때 정의의 사도는 정말이지 괴롭다
나는 무조건 네 편 할 거야!
아람이한테 약속까지 했었는데

정의와 의리를 놓고 백 년쯤
로댕처럼 턱 고이고 고민을 해도
결론을 내지는 못할 것 같다

설득의 달인

억울한 걸로 따지자면
꿀벌만 한 것이 어디에 있겠니
날개가 아프도록 붕붕거리며
날마다 모은 꿀인데
사람들한테
몽땅 뺏기면 얼마나 억울하겠니
그러니까 그까짓 과자 몇 개

누나한테 뺏긴 거는

아무것도 아니겠지?

(……)

엄마가 빤히 바라보자

눈물 한 방울

뚝 떨군 채호가

마침내 고개를 끄덕입니다

미운 정 고운 정

명학이가 전학을 간다고 했다
만나기만 하면 싸웠는데
이사를 간다니까
민재는 여러 가지 생각이 났다

여름방학 때 할머니 집에 가서
바구니로 송사리를 잡을 때처럼

미워하던 마음은 다 빠져나가고

즐거웠던 추억만 남아서 파닥거렸다

깔깔거렸던 일들이

물고기처럼 반짝거렸다

비밀

고모는 네잎클로버가
많은 풀밭을 혼자만 안다

할머니는 고사리가
많이 나는 숲이 어딘지 혼자만 안다

엄마는 보석반지를
어디다 보관하는지 혼자만 안다

아빠는 비상금을
어디다 숨기는지 혼자만 안다

나는 아영이가 어떨 때
콧구멍이 벌름거리는지 혼자만 안다

나하고 사귀면서

아이들한테는 관심 없는 척

할 때만 그런다는 거

반응

할머니는 외출에서 돌아오면
둘 중
하나의 반응을 보이신다

아직까지는 내가 노인으로 안 보이나 봐
지하철에서 자리 내주는 사람이 없는 걸 보면
이러는 날은 호호호 웃으시고

요즘 젊은것들은 왜 그렇게 예의가 없어?
노인을 보면 자리 양보를 해야지
이러는 날은 무릎이 많이 아프셨다는 거다

번갯불

숙제를 벌써 다 했다고?
어떻게 숙제를 했기에
번갯불에 콩을 구워 먹어?

우리 할머니는
눈 하나 깜짝 안 하고
거짓말을 잘도 하신다

번갯불에

콩 구워 먹듯이 하신다

물가

엄마는 물가가 너무 올라서
걱정이라며
아빠더러 소주를 끊으라고 했다

아빠는 이따금 쓸쓸한 날이면 마시는
소주를 끊으라니 너무 한다며
엄마더러 마트에 갈 때마다 사 오는
커피를 끊어야 한다고 했다

나는 졸라서야 간신히 얻어먹는
치킨을 끊으라고 할까 봐 조마조마해서
슬그머니 방으로 도망쳤다

좋은 예감

아기 고양이가 엄마를 찾으며 울었다
너희 엄마는 어디로 갔기에
미아가 되었니?
엄마가 텔레비전을 보면서 혼잣말을 했다

이날 이후 길고양이만 보면
나는 엄마더러
파출소 소장님이 되라고 조른다

아직까지는 성공을 거두진 못했지만
머잖아
나오지도 않는 눈물을
억지로 짜내느라
야옹, 야옹거리는 고양이 동생이
생길 것 같은 예감이 든다

튀고 싶은 도라지꽃

다른 꽃들
다 다녀갈 때를 기다렸다가
슬그머니 꽃을 내놓았지
그랬더니 난리가 난 거야

사랑을 독차지한다는
말은 확실히 알았지만

솔직히 너무 춥더라

덜덜 떨다가 새파랗게

질려서 죽을 것만 같았거든

튀어보려고 그따위

철부지 짓은

두 번 다시 안 할 거야

다행이야

엄마 아빠가 기린이었으면
나도 기린으로 태어났겠지?
가시가 사나운 아카시아나 우물거리는

코끼리였으면 나도 코끼리
무거운 몸뚱이를 이끌고서 우우거리며 다니겠지

낙타였으면 나도 불쌍한 새끼 낙타
멀고 뜨거운 모래사막을 타박거릴 거야

얼룩말이었으면 나도 얼룩말
사나운 사자한테 날마다 쫓기겠지?

그러다 그 무시무시한 이빨에
목덜미나 엉덩이를 콱! 물릴 수도 있을······

아오, 무조건
엄마 아빠 말씀 잘 들어야겠어
두 분이 사람이어서 얼마나 다행이냐고

뻥튀기 아저씨

아카시아나무 중에는
전국시장을 떠돌던
뻥튀기 아저씨도 섞여 있대
날마다 돌아다니니까
다리가 아파서
한자리에 붙박이는 나무가
되게 해달라고 빌었다는 거지

그런데 뻥이요!

외치지도 않고 봄 한 철만

겨우 튀밥을 튀기려니

나무 노릇하기가 영 시시해졌대

무엇보다 뻥이요!

소리를 지르면

귀를 꽉 틀어막고 도망을 치는

애들이 없어서

뻥 튀길 재미가 하나도 없다는 거야

제4부

선생님은 똥만 찾아다녔다

눈의 의미

한밤중에
가만가만 내리는 눈은
아침에 일어난
아이들의 눈과 입이
밤송이처럼 딱! 딱!
벌어지라는 거다

학교 수업이 끝난 뒤

펑펑 내리는 눈은

책가방을 짊어진 거북이들도

한번은 토끼가 되어

운동장에서 펄쩍펄쩍

뛰어보라는 거다

할머니와 코끼리

할머니 머릿속에는
코끼리가 사나 봐요
한 번 지나간 길은
잊어버리지 않는다는
십 년 전 물도 기억하고 찾아간다는

할머니는
새파랗게 젊은 엄마도
가물가물하는
집안 제사란 제사
일가친척들 생일까지도
잊지 않고 짚어내지요

코끼리가 천천히 걸음을 놓듯이
손가락 느리게
꼽작거리며 날짜를 찾아가지요

전쟁놀이

군대에서 휴가 나온 삼촌이랑
동생이 전쟁놀이를 했다
동생은 플라스틱 장난감 총으로
삼촌은 손가락 총으로
띵야! 띵야!
피융- 피융-
투, 투, 투, 투, 투, 투, 투!--------
삼촌이 쏘는 총알은 전부 입에서 나왔다
가끔씩 쾅쾅! 터지는 수류탄도 입으로 던졌다
입이 완전 무기창고였다
계급은 작대기 두 개지만
내가 볼 때는 삼촌이 확실하게 이긴 전쟁이었다

장군 모자를 쓰고 있던 동생은
명령하랴,
총 쏘랴,
두 가지를 동시에 하느라
번번이 삼촌 총에 맞고
전사했다간 살아나곤 했기 때문이다

수양버들에게 듣다

강둑에서 태어나
강둑에서 늙은 수양버들한테 들은 말인데요
옛날 강물은
아이들의 속살을 간질이며 장난도 잘 쳤대요
나룻배도
끼룩끼룩 물새소리를 내며 강을 건너다녔대요

그런데 언제부턴가

모터보트라는 괴물이 나타나면서

물고기와 물새들이 쫓기기 시작했다네요

그런 괴물이 등장한 뒤로

강은 도무지 행복하지 않게 되었다고

물거울이 흐려진 것도 그때부터라고

수양버들은 듬성듬성한

머리채를 살살 흔들어댔어요

똥을 찾아서

송숙 선생님은 똥만 찾아다녔다
똥을 만나면 일단
모양으로 어떤 동물인지를 알아맞히고
무얼 먹었는지
막대기로 헤치면서 똥 분석을 척척 했다

이건 멧돼지 똥, 이건 삵의 똥,
이건 오소리 똥, 요건 담비 똥,
요거는 가늘면서 꼬인 걸 보니 족제비 똥
요거는 하늘다람쥐 똥
요거, 요거는 쥐똥……

송숙 선생님이 갑자기 소리쳤다
야, 요 쥐똥 봐라! 정말 작지 않니?
이렇게 작게 똥을 누는 똥꼬는 얼마나 작겠니?
아이들이
도토리 떨어지는 소리를 내며 와르르 웃었다

가자!
선생님을 따라가며 나는 킥킥거렸다
멧돼지는 똥이 굵으니
똥꼬도 커서 방귀소리도 크겠지? 아빠처럼
하늘다람쥐는 똥꼬가 작아서 방귀소리도 작을 거야

나는 갑자기 산토끼 똥꼬가 궁금해졌다
누구라고 차마 이름을 밝힐 수는 없지만
별명이 토끼인 아이의 방귀소리가 궁금해서다

그림자 떼어 놓기

학원엘 가야 하는데
비가 폭포처럼 쏟아졌다
저를 떼 놓고 갈까 봐 불안해진
그림자가 졸졸 나를 따라다녔다
화장실로 가면 화장실로
방으로 가면 방으로 따라오고
겁쟁이라 환한 곳만 따라다녔다

현관까지 따라 나온 그림자가
나를 따라서 신발을 신었다
내가 우산을 집어 드니까
저도 우산을 집어 들어서
떼어 놓고
후다닥 바깥으로 뛰어나왔다

지금쯤 그림자는
아무도 찾을 수 없는
침대 밑으로 기어들어 가서
훌쩍거리고 있을 거다

베개싸움

함박눈이 펑펑 쏟아지는 날
아이들은
눈 온다며 소리를 질러대는데
송유라만 하늘에서
베개싸움이 난 거라며 떠들었다

언니랑
베개를 휘두르며 싸움을 할 때
옆구리 실밥이 툭 터지면서
눈발처럼 날리던 닭털을 떠올린 거다

둘은
싸우던 것도 잊어버리고
눈 오는 날 강아지들처럼
닭털을 쫓으며 깔깔거렸었다

할머니가 보고 싶을 때

침대에 반듯하게 누워서

두 발로 이불을 불끈 치켜올려 봐

텐트처럼 아늑해질 거야

에스키모가 사는

이글루 같기도 하고

지난달에 돌아가신

할머니의 둥근 산소 같기도 할 거야

그러면 알전구를 노랗게 켜놓고
잠을 청하는 할머니를 상상하는 거야
밤이면 얼마나 무섭고 외로울까
할머니 생각만 하면
눈물이 줄줄 나오던
마음에 위로가 조금은 될 거야

꼼짝 못 하는 왕

옛날에 아주 용맹한 왕자가 있었어

말도 잘 타고, 활도 잘 쏘고, 칼싸움도 잘했지

그런 왕자에게

고개를 이렇게 숙여라, 저렇게 돌려라

마음대로 요구하는 사람이 있었지

감히 그러고도 처벌받지 않았어

이쯤 되면 그가 이발사라는 건 다들 눈치챘겠지?

그런데 더욱 강력한 명령권자가 나타난 거야

젊은 왕자가 어느새 나이가 들어

늙은 왕이 되었을 때지

엎드려!

명령하고는 그의 등으로 날름 올라가

따그닥! 따그닥!

말을 타고 내달리는 손자 녀석이 생겼다는 거지

몰래 버려봤자

지루하던 장마가 끝이 나고
호떡 같은 해가 지글거렸어
때를 기다린 사람들은
신이 나서 강으로 바다로 몰려갔지
그런데 황당하게도 온갖
쓰레기들이 손을 흔들어대는 거야
사람들이 골목길에다가 슬그머니 버린
과자봉지나 음료수 캔이
빗물에 둥둥 떠내려가서
복수할 때를 기다리고 있었던 거지

원수는 외나무다리에서 만난다고

몰래 버려봤자

그렇게 만나게 되어 있다는 거야

공통점

모깃소리가 들릴 때와
앰뷸런스 소리가 날 때
사람들한테는 공통점이 있다

일단 소리가 들리면
쫑긋!
미어캣처럼 된다는 것이고

계속해서 소리가 나면
목 디스크에 걸린 미어캣처럼
끽끽거리며 고개가
소리를 따라다닌다는 거다

뉴스 때문에

오백 원짜리

동전을 삼킨 어린아이에 대한 뉴스가 나온다

걱정을 하시며 듣던 할머니는

어린아이가 무사하다는 말에 농담을 하신다

물가가 얼마나 올랐는지

오백 원짜리 갖고는 사 먹을 과자가 없으니

아기가 그냥 먹었나 보다

그 말씀을 엄마가 놓치지 않고 받는다

얘도 어려서 오백 원짜리 삼켰잖아요

그때는 그 돈이면 맛있는 과자도 얼마든지 샀는데

병원비만 몇 배로 물고……

숨기고 싶었던

나의 과거가 불쑥 끌려 나오는 아침이었다

똥차

차 문이 살짝 찌그러진 걸 가지고
민우가 우리 차는
똥차라고 해서 엄청 약 올랐다

그런데 한날은
어떤 새들이
민우네 차에다 단체로 응가를 했다
똥차가 뭔지를 제대로 보여준 거다

얼마나 고소하던지

그날은 만나는 새마다

다 내 편 같았다

가려운 데만 빼놓고

엄마는 고작 한 문제 틀린
나한테는 칭찬도 안 해주고
두 문제나 틀린 동생한테만 칭찬했다
삐져가지고
짜장면 시킨다는데도 시큰둥했더니
짜장면이 싫으면 군만두를 시킬까
배 안 고프면 이따가 시킬까
너 또 과자 먹었니?
귀찮을 정도로 물었다

웃으면 안 되는데, 하마터면 웃을 뻔했다
너는 등을 긁으라고 하면
어떻게 가려운 데만 빼놓고 다 긁니?
하시던 할머니 말씀이 생각나서였다
엄마가 똑같았다

결심

내가 한 학년 올라가면
책가방도 따라서 올라가고
필통, 지우개, 연필깎이도
덩달아 같은 학년이 된다
맨 앞자리에 앉아
수업도 똑같이 듣고
담임 선생님이나
학원 선생님이 바뀌면
걔들도 나랑 똑같은 선생님으로 바뀐다

내가 지각을 하면 걔들도 지각하고
내가 결석을 하면 걔들도 결석하고
뭐든 함께 한다고 생각하니
걔들 데리고는 좋은 곳만
골라서 가야겠다는 생각이 든다